Whispers of Wisdom
Susurros de Sabiduría

Written and Illustrated by **Adishree Diksha**
Copyright © **2025 Adishree Diksha**

This bilingual storybook was written to inspire kindness, courage, and wisdom among young readers through heartwarming tales in English and Spanish.

FOR ALL YOUNG READERS WHO ENJOY
HEARTWARMING STORIES,
DISCOVER TIMELESS LESSONS OF
KINDNESS, COURAGE, AND WISDOM

PARA TODOS LOS NIÑOS QUE
DISFRUTAN LAS HISTORIAS DIVERTIDAS,
AQUÍ HAY CUENTOS CON ENSEÑANZAS
DE AMISTAD, VALENTÍA Y BONDAD.

Contents

Índice

The Eagle's Friendship
La Amistad del Águila

Once upon a time, there was an eagle's family who lived in a tree in the forest. The lion, the tortoise, and the squirrel were their friends. Everyone lived together and helped one another. One day, some hunters came to the forest. They saw the eagle's children and were eager to eat them. They lit a fire and wanted to cook their food there.

Había una vez una familia de águilas que vivía en un árbol en el bosque. El león, la tortuga y la ardilla eran sus amigos. Todos vivían juntos y se ayudaban entre sí. Un día, unos cazadores llegaron al bosque. Vieron a los hijos del águila y querían comérselos. Encendieron una fogata y querían cocinar su comida allí.

Seeing all this, the eagle's wife said to her husband, "Call your friends for help, otherwise these hunters will kill and eat our children."

Al ver todo esto, la esposa del águila le dijo a su esposo: "Llama a tus amigos para que nos ayuden, si no, estos cazadores van a matar y comer a nuestros hijos."

The male eagle flew to call his friends. Soon, the lion, the tortoise, and the squirrel arrived. The squirrel gathered water with some leaves and extinguished the fire. Then, the tortoise poured sand on the remaining fire and extinguished it completely.

El águila voló para llamar a sus amigos. Pronto, llegaron el león, la tortuga y la ardilla. La ardilla trajo agua con unas hojas y apagó el fuego. Luego, la tortuga echó arena sobre el fuego que quedaba y lo apagó por completo.

After this, the lion roared loudly. Hearing the lion's voice, the hunters ran away. The eagle's family thanked their friends and they started living happily. Friends are those who always help in difficult times.

Después de esto, el león rugió muy fuerte. Al oír el rugido, los cazadores huyeron. La familia del águila dio las gracias a sus amigos y comenzaron a vivir felices. Los amigos son los que siempre ayudan en los momentos difíciles.

The Naughty Baby Bunny
El Conejito Traviesa

There was a baby bunny named Daisy. She always lived with her mother. Her mother took her along wherever she went. Daisy was very naughty. She would hide in bushes every now and then. Her mother kept looking for her. She tried to help Daisy understand not to keep hiding everywhere.

Había una conejita que se llamaba Daisy. Siempre vivía con su mamá. Su madre la llevó a donde quiera que iba. Daisy era muy traviesa. Ella se escondía en arbustos de vez en cuando. Su madre la seguía buscando. Ella trató de ayudar a Daisy a entender que no debía seguir escondiéndose en todas partes.

One day, Daisy and her mother were eating leaves from bushes by the riverbank. While eating, Daisy hid inside the bushes. Her mother went ahead, eating leaves. At that time, a coyote arrived. He saw Daisy and asked, "What are you doing, little bunny?"

Un día, Daisy y su mamá comían hojas cerca del río. Mientras comía, Daisy se escondió en los arbustos. Su mamá caminó adelante, comiendo hojas. En ese momento, llegó un coyote. Vio a Daisy y dijo: "¿Qué haces, cabrita?"

Daisy didn't say anything because she was scared. Then the coyote said, "Okay, if you don't want to say anything, then don't. I will eat you." Daisy quickly said, "Let me eat some grass first, then you can eat me. Until then, sing a song for me. You sing very well."

Daisy no dijo nada porque tenía miedo. El coyote dijo: "Está bien. Si no hablas, te voy a comer." Daisy dijo rápido: "Déjame comer un poco de pasto. Después, puedes comerme. Canta una canción para mí. Tú cantas muy bien."

The coyote started singing. Hearing his voice, Daisy's mother came looking for her child. When Daisy saw her mother, she immediately went to her. Through her smartness, she saved her life.

El coyote empezó a cantar. Al oír su voz, la mamá de Daisy vino a buscar a su hija. Cuando Daisy vio a su mamá, fue con ella rápido. Con su inteligencia, salvó su vida.

The Clever Prince
El Príncipe Inteligente

Once upon a time, the king of France defeated the king of Spain in a war, then brought all his wealth to his kingdom. He wanted to keep that wealth safe, so instead of keeping it in his treasury, he filled it in an iron box and buried it by digging a pit in the royal garden. The king did not know that the prince of a defeated country had come to France disguised as a servant. When the servant met the king, he liked him very much. The king made him his guest and made him stay near the royal garden.

Había una vez un rey de Francia que ganó una guerra contra el rey de España. Luego, llevó toda su riqueza a su reino. Quería guardar la riqueza con mucho cuidado. En vez de ponerla en su tesoro, la puso en una caja de hierro y la enterró en el jardín del palacio. El rey no sabía que el príncipe del país derrotado llegó a Francia disfrazado de sirviente. Cuando el rey conoció al sirviente, le gustó mucho. El rey lo invitó como invitado y le dio un lugar cerca del jardín del palacio.

The prince knew a magical spell which could reveal the location of buried treasure. He recited that spell and found the treasure buried in the garden. Then he took out the treasure and quietly went back to his country.

El príncipe sabía un hechizo mágico que podía mostrar dónde estaba escondido el tesoro. Dijo el hechizo y encontró el tesoro enterrado en el jardín. Luego, sacó el tesoro y regresó en silencio a su país

When the king came to know about this theft, he was very sad. The king's wise minister said to him, "My Majesty, why are you worrying so much for something that never belonged to you?" The king realized that the minister's words were true and found the courage to keep going with great patience.

Cuando el rey se enteró de este robo, se puso muy triste. El sabio ministro del rey le dijo: "Su Majestad, ¿por qué se preocupa tanto por algo que nunca fue suyo?" El rey entendió que las palabras del ministro eran ciertas y encontró el valor para seguir adelante con mucha paciencia.

Lily The Hedgehog
Lily el Erizo

There was a big beautiful meadow with clean green grass and soft winds. Colorful wildflowers bloomed everywhere, butterflies danced, and many animals played together joyfully in the distance. One morning, the ground near a bush wiggled. A tiny creature popped out. It was Lily the Hedgehog. She looked around, turning her little head. Soon, she saw others like her nearby. Lily was a little bigger than the rest. Then she noticed a hawk flying above in the sky.

Había un prado grande y hermoso con pasto verde limpio y vientos suaves. Flores silvestres de muchos colores florecían por todas partes, las mariposas bailaban, y muchos animales jugaban juntos con alegría a lo lejos. Una mañana, la tierra cerca de un arbusto se movió. Salió una criaturita. Era Lily la eriza. Miró a su alrededor, girando su cabecita. Pronto, vio a otros como ella cerca. Lily era un poco más grande que los demás. Luego, vio un halcón volando arriba en el cielo.

Lily saw the hawk coming down to the ground and carrying a mouse away. Lily thought that hawk would take us all. She asked all the other animals to hide behind the bushes. Everyone started following Lily. In a short while, they reached a burrow safely. In this way, Lily the Hedgehog saved everyone's lives.

Lily vio que el halcón bajaba al suelo y se llevaba a un ratón. Lily pensó que el halcón los atraparía a todos. Les pidió a los otros animales que se escondieran detrás de los arbustos. Todos empezaron a seguir a Lily. En poco tiempo, llegaron a una madriguera sanos y salvos. Así, Lily la eriza salvó la vida de todos.

The Greedy Salesman
El Vendedor Codicioso

A salesman used to sell pots, bowls, and cheap jewelry on a cart. A girl wanted to buy a bracelet for herself, but she didn't have any money. She said to her grandmother, "I want a bracelet for myself. Should I sell my old saucer and buy it?" The grandmother agreed. The shopkeeper looked at the plate carefully. He found out that it was a gold plate. But he didn't tell the girl this; instead, tricked her and said, "It has no value. You will not get anything from it." Saying this, he went away from there.

Un vendedor vendía ollas, cuencos y joyas baratas
en un carrito. Una niña quería comprar una pulsera
para ella, pero no tenía dinero. Le dijo a su abuela:
"Quiero una pulsera para mí. ¿Debo vender mi platito
sucio y viejo para comprarla?" La abuela estuvo de
acuerdo. El vendedor miró el plato con cuidado.
Descubrió que era un plato de oro. Pero no se lo dijo
a la niña. En lugar de eso, la engañó y dijo: "No tiene
valor. No recibirás nada por él." Diciendo esto, se fue
de allí.

The salesman secretly wanted to get the plate for free after some time. Meanwhile, another salesman came there. When he was shown the plate, he said to the grandmother, "Oh! This is made of gold."

El vendedor quería quedarse con el plato sin pagar después de un tiempo. Mientras tanto, otro vendedor llegó. Cuando vio el plato, le dijo a la abuela: "¡Oh! Este está hecho de oro."

The grandmother was surprised to hear this. The salesman took the plate and gave her all his pots, bowls, and jewelry in return.

La abuela se sorprendió al escuchar esto. El vendedor tomó el plato y le dio todas sus ollas, tazones y joyas a cambio.

After some time, the greedy salesman returned. He asked the grandmother for that plate. Grandma got very angry and sent him away. The salesman was left speechless. Greed had ruined him.

Después de un tiempo, el vendedor codicioso regresó. Le pidió a la abuela ese plato. La abuela se enojó mucho y lo echó. El vendedor se quedó sin palabras. La codicia lo había arruinado.

The Candy Lesson
La Lección del Dulce

Two little ants spotted a colorful piece of candy on the sidewalk. They rushed over, each wanting it all for themselves. "I saw it first!" shouted one. "No, it's mine!" argued the other. While they fought and tugged, the candy rolled off the edge and landed in a pond. It melted into nothing.

Dos pequeñas hormigas vieron un dulce de muchos colores en la acera. Corrieron rápido, cada una queriendo quedárselo todo. "¡Yo lo vi primero!" gritó una. "¡No, es mío!" dijo la otra. Mientras peleaban y tiraban, el dulce se cayó al borde y cayó en un estanque. Se derritió y no quedó nada.

The ants stared in silence. "If we'd just shared," one sighed, "we could've both enjoyed it." From then on, they remembered that a little kindness is sweeter than any candy.

Las hormigas se quedaron en silencio. "Si solo hubiéramos compartido," suspiró una, "las dos lo habríamos disfrutado." Desde entonces, recordaron que un poco de bondad es más dulce que cualquier dulce.

The Elephant's Intelligence
La Inteligencia del Elefante

Thirty families lived together in a small village. There was a wise man among those families. He used to advise others and teach everyone good things. This is why no crime ever took place in the village.

Treinta familias vivían juntas en un pequeño pueblo. Había un hombre sabio entre esas familias. Él solía aconsejar a los demás y enseñarles cosas buenas. Por eso nunca ocurría ningún crimen en el pueblo.

The wise man taught the villagers that we should live with love among ourselves and we should never steal or rob to fill our stomachs. But the village head was unhappy with his teachings

El hombre sabio enseñó a los habitantes del pueblo que debemos vivir con amor entre nosotros y que nunca debemos robar o hurtar para llenar nuestro estómago. Pero el jefe del pueblo no estaba contento con sus enseñanzas.

When crimes happened in the village, the king would punish the people and collect fines from them. But currently, nothing like this was happening. To stop the wise man's order, he went to the king and said, "Some people are robbing the village."

Cuando ocurrían delitos en el pueblo, el rey castigaba a las personas y les cobraba multas. Pero ahora, no pasaba nada de eso. Para detener las enseñanzas del hombre sabio, el jefe fue al rey y dijo: "Algunas personas están robando en el pueblo."

The king ordered, "Go and catch them and trample them under the elephants' feet." The chief deliberately blamed the thirty families and the wise man. When they were brought to be trampled under the elephants' feet, the elephants refused to trample them. The elephants knew that they were innocent.

El rey ordenó, "Vayan y atrápenlos y aplástenlos bajo las patas de los elefantes." El jefe culpó a propósito a las treinta familias y al hombre sabio. Cuando los llevaron para que los aplastaran bajo las patas de los elefantes, los elefantes se negaron a hacerlo. Los elefantes sabían que eran inocentes.

The king was surprised to hear all this. The wise man said, "We have not committed any crime. Our minds are clean and we do not wish bad for anyone. The elephants understood this and that is why they did not crush us under their feet.

El rey se sorprendió al escuchar todo esto. El hombre sabio dijo: "No hemos cometido ningún delito. Nuestra mente está limpia y no deseamos mal a nadie. Los elefantes entendieron esto y por eso no nos aplastaron bajo sus patas."

In this way, the wise man explained everything to the king. The king punished the evil chief and let them all go. Honesty will always win.

De esta manera, el hombre sabio explicó todo al rey. El rey castigó al jefe malvado y los dejó libres a todos. La honestidad siempre ganará.

Max's Foolishness
La Tontería de Max

In Greenwood Park, there were many trees full of flowers and fruits. Animals and birds lived happily in the trees. On one tree lived a family of three raccoons: Papa Raccoon, Mama Raccoon, and their little one named Max. Max was very mischievous. He loved jumping from rock to rock, grabbing anything he found.

En el Parque Greenwood, había muchos árboles llenos de flores y frutas. Animales y pájaros vivían felices en los árboles. En un árbol vivía una familia de tres mapaches: Papá Mapache, Mamá Mapache y su pequeño llamado Max. Max era muy travieso. Le encantaba saltar de piedra en piedra y agarrar todo lo que encontraba.

One day, Max found a box of matches. He showed it to Papa Raccoon. Papa said, "This is dangerous for us. It's only useful for humans." Max asked, "What do humans do with it?" Papa explained, "They use it to start fires for cooking. You should throw it away." But Max didn't listen.

Un día, Max encontró una caja de fósforos. Se la mostró a Papá Mapache. Papá dijo, "Esto es peligroso para nosotros. Solo es útil para los humanos." Max preguntó, "¿Qué hacen los humanos con eso?" Papá explicó, "Lo usan para hacer fuego para cocinar. Deberías tirarla." Pero Max no escuchó.

The next day, while the other animals went out for food, Max took a match from the box and struck it. The match caught fire, and when Max dropped it, dry leaves nearby caught fire too. Soon, Max's tail caught fire! He shouted for help, and all the animals worked together to put out the flames. Max was very scared, staring at his hurt tail. If he had listened to Papa, he would have stayed safe.

Al día siguiente, mientras los otros animales salieron a buscar comida, Max tomó un fósforo de la caja y lo encendió. El fósforo prendió fuego, y cuando Max lo dejó caer, unas hojas secas cercanas también se encendieron. ¡Pronto, la cola de Max se quemó! Gritó pidiendo ayuda, y todos los animales trabajaron juntos para apagar las llamas. Max estaba muy asustado, mirando su cola lastimada. Si hubiera escuchado a Papá, habría estado a salvo.

About the Author — Adishree Diksha

Adishree Diksha is a 10th-grade student at Panther Creek High School in Wake County, North Carolina. She went to elementary school in California and later moved to North Carolina, where she continued middle school and now pursues her high-school career.

Raised in a Hindi-speaking family, Adishree has always been curious about languages. Her passion for Spanish led her to take AP Spanish in 10th grade. While learning, she wished for storybooks written in both English and Spanish to help beginners understand and enjoy the language more easily.

Inspired by this need and her natural love for visual arts, Adishree has created this bilingual storybook, combining her skills in English, Spanish, and art to help young readers discover the joy of languages through storytelling.

Sobre La Autora — Adishree Diksha

Adishree Diksha es un estudiante en el décimo grado en Panther Creek High School en el condado de Wake, Carolina del Norte. Realizó su educación primaria en California y luego se mudó a Carolina del Norte, donde completó la secundaria y ahora continúa la carerra de preparatoria.

Crecer en una familia de habla hindi despertó en Adishree una gran curiosidad por los idiomas. Su interés por el español la llevó a estudiar AP Spanish en décimo grado. Durante su aprendizaje, pensó que sería de gran ayuda contar con cuentos escritos tanto en inglés como en español para quienes comienzan a aprender el idioma.

Inspirada por esta idea y motivada por su amor por las artes visuales, Adishree creó este libro bilingüe, combinando sus habilidades en inglés, español y arte para ayudar a niños y niñas a disfrutar el aprendizaje de los idiomas a través de las historias.